混蛋
的好心

尹丽川 著

江苏凤凰文艺出版社

图书在版编目（CIP）数据

混蛋的好心 / 尹丽川著. -- 南京：江苏凤凰文艺出版社，2024.9
 ISBN 978-7-5594-8689-9

Ⅰ. ①混… Ⅱ. ①尹… Ⅲ. ①诗集－中国－当代 Ⅳ. ①I227

中国国家版本馆CIP数据核字(2024)第108421号

混蛋的好心

尹丽川 著

责任编辑	周　璇
特约监制	里　所
特约编辑	里　所　方妙红　后　乞
装帧设计	艾　藤
出版发行	江苏凤凰文艺出版社
	南京市中央路165号，邮编：210009
网　　址	http://www.jswenyi.com
印　　刷	河北鹏润印刷有限公司
开　　本	880毫米×1230毫米　1/32
印　　张	3.75
字　　数	60千字
版　　次	2024年9月第1版
印　　次	2024年9月第1次印刷
书　　号	ISBN 978-7-5594-8689-9
定　　价	52.00元

江苏凤凰文艺版图书凡印刷、装订错误，可向出版社调换，联系电话025-83280257

自序

在推延中回顾

上周末傍晚,没回家陪女儿们,也没去工作,也无呼朋唤友。我订了张电影票,去到一处吵闹的商场,在更吵闹的地下一层,选了个有空桌儿的饭馆,把油腻腻的桌子,用袖边擦了一擦。点了盘饺子和一杯酸梅汁。四周都是觅食的快活的人,左边两个男人,在谈论一款游戏,右边两个女人,说着和领导同事的关系。我非常孤单,又非常自由及开心。相比于自己独处,我更喜欢在人群中独处。

四周都很热烈,到处在喧腾。饺子上来了,调料要自取,香油酱油辣椒油和醋,秘方的关键在于比例。北方的食物,只有饺子能进到我南方的胃口。可能因为童年记忆——在贵州难得买到肉,母亲剁馅,父亲和面,我和大哥负责包,二哥负责把包好的饺子送到临时厨房,号称运输是最重要的，是战时的生命线。

这样的一个傍晚，吃完饺子，时间正好，上到三楼，去看电影。喜欢一个人看电影，已经很多年。看完出来，人已寥寥，下到一楼，撩开门帘，暴雨已至，倏忽闪电，天地白昼。

等了一等。一点不急。半晌，骤雨初歇。商场门外，疲惫的厨子点燃了浸湿的烟。很快，街边再度生龙活虎，和平常一样，和游戏一样，一个小女孩在台阶上蹦跳，她的父母——样板图中的一对男女，牵着她的手，反反复复，耐心陪伴。

其中，有我固执反对的，也有我以为的诗意。

所以还是要写诗。即便大厦将倾，即便机器人统治，即便我正爱着别的，即便世间需要真理。诗不是真理，可也不是别的。即便长安只有三百里，即便我们自此背道而驰。

希望我喜欢的诗人，都继续写。

尹丽川

2023 年 8 月 8 日

第一辑

旧日理想

003　手

004　公平

005　妈妈

006　橘子

007　生活本该如此严肃

008　肉包子

009　操场

011　就这样

012　郊区公厕即景

013　你想当什么样的老女人

014　油漆未干

016　愿望

017　县城姑娘

018　正午的公共汽车

019　这样过一个秋天

020　小安的理由

021　时光

023　旧日理想

024　花瓶

025　掩藏

026　哥哥

027　在雍和宫

第二辑

回到飞机发明之前

031　小饭馆，为友人作

032　方式

033　小白做了手术

035　我不能留在这里爱你

036　阿美

037　混蛋

038　相忘于江湖

039　下雨

041　态度

042　童年往事

044　山水

045　县城故事

047　事情都是突然发生的
048　纯真年代
049　好时候
050　大门
051　你
052　如幻

第三辑

所有的绿

057　青春

058　无尽

059　四个老人

060　很久以前

062　少年游

064　无题

065　失眠一则

066　所有的绿

067　平原

068　别后

069　伤逝

070　牡丹——《后革命时代》

第四辑

同舟

075　是谁讲了一个笑话

078　如父如女

079　爱情

080　重逢

082　漾

083　普通朋友

084　诗人

086　致女儿

087　那不是你

089　老韩

091 历史

093 醉友

095 公园

096 雁南飞

097 同舟

098 蹦跶

099 出埃及记

101 近亲

第一辑

旧日理想

手

你的手常年在一筐圆白菜中
找出最值钱的那个。都是一块钱,
你可有三个孩子。你的手在食堂
擦几十张饭桌。油腻是洗不掉的了,
回家拿起毛衣针,女儿还皱眉:
妈,把电视关了,我在做功课。
你的手忙来忙去,扯住丈夫的衣角,
丈夫最终没走,比以前更瞧你不起。
儿女们大了,你手里捧着孙子
直到来了,身强体壮的保姆。妈,
您就别操心了,儿子说,累了一辈子
该享福了。你伸手想摸摸儿子的脸
扑空了。儿子出门办公了。
你讪讪笑着,坐到窗边
俯视这个城市飘扬的尿布。你张开十指,
你都忘了,这些年怎么能就这样
从指缝中流走。你不知道
今天下午,该做些什么,直到天黑。

2000|08|02

公平

当我看见一对璧人

手挽手走过,眼里有着

器皿的哀愁

就像这世间,那些公平的事

合情合理的主张

青梅竹马的爱情

白白地流在地上

像那些营养丰富的精液

2000|09|15

妈妈

十三岁时我问

活着为什么你。看你上大学

我上了大学,妈妈

你活着为什么又。你的双眼还睁着

我们很久没说过话。一个女人

怎么会是另一个女人

的妈妈。带着相似的身体

我该做你没做的事么,妈妈

你曾那么地美丽,直到生下了我

自从我认识你,你不再水性杨花

为了另一个女人

你这样做值得么

你成了个空虚的老太太

一把废弃的扇。什么能证明

是你生出了我,妈妈。

当我在回家的路上瞥见

一个老年妇女提着菜篮的背影

妈妈,还有谁比你更陌生

2000|09|23

橘子

手刃一个橘子

我多想手刃你

多想你就是一个橘子

就像我手刃这个橘子

一瓣两瓣八瓣

你是橘子里的虫子

你毁了我的橘子

毁了我酸甜可口的生活

2000|10|22

生活本该如此严肃

我随便看了他一眼

我顺便嫁了

我们顺便乱来

总没有生下孩子

我随便煮些汤水

我们顺便活着

有几个随便的朋友

时光顺便就溜走

我们也顺便老去

接下来病入膏肓

顺便还成为榜样

"好一对恩爱夫妻"

……祥和的生活

我们简单地断了气

太阳顺便照了一眼

空无一人的阳台

2000|11|20

肉包子

我从没想过

写一个肉包子

因为我从没见过

一个热气腾腾的肉包子

掉在雪地上。那时候天

快黑了,雪是青白色的

很厚。肥硕的肉包迅速凝固成

一团可耻的猪油

硬邦邦的。丢了包子的

那个男人,阴郁地看了它一眼

缓慢的一眼。他继续往前走

佝偻着背。雪地上的人

都走得很慢

雪地上的人

都在慢慢地走

2001|01|06

操场

隔着铁丝网,一片雪,几个孩子
我掏出一根烟,点着火
身后是一排平房,里面有
一个朋友,躺在病床上
我第一次看见打点滴
它是一点一滴的

吸进很多冰凉的空气,吐出的烟
也冷。有多久我没见过
一片广阔的地,或是天
(这仅仅是个地理问题)
我天天在家,面对屏幕和爱人
或是出门,另一间房子里
总有酒、朋友和情人

就说操场,大概好几年?
还是更久。这个词,这个地方
快从我的想象里消失了

站在操场边,我确实想起了

像童年一样的东西,跟时间有关
到底是什么,我很想说出来

但这越来越像
电影镜头:一个阴郁的男人
走向铁丝网,掏出一根烟,点着火
孩子们在远处,隔着铁丝网,尖叫

我跟这个男人,是什么关系
操场上到底,发生过什么

2001|01|16

就这样

这杆笔已经被你用秃了
在被你用光之前
你拿它给我写字
在每个早晨
"亲亲"和"爱爱"
直到现在
最后一张便条
"我走了"
"爱你一辈子"
是用另一杆笔写出来的
我注意到了

我知道男人身体里的水
也有流干的时候
我把你用光了么
而女人也会硬的
像我,像一个胡桃的壳
敲不开了,软不下来

2001|04|20

郊区公厕即景

蹲下去后,我就闭上了双眼

屏住呼吸。耳朵没有关

对面哗哗地响,动静很大

我睁开眼,仰视一名老妇

正提起肥大的裤子

气宇轩昂地,打了个饱嗝

从容地系着腰带

她轻微地满意地叹了口气

她的头发花白

她从容地系上腰带

动作缓慢而熟稔

可以配悲怆的交响乐

也可以是默片

2001|05|22

你想当什么样的老女人

她的乳头早就没人摸了

这个女人还大把大把地掉头发

缩在床单下

像另一条揉皱的床单

到处都是瘪的,还被撕破了

这个女人成了一个老女人

那些水分和鲜肉呢

这个老女人也没有子孙来看她

不停地吃药,不停地老下去

不停地偷看——

病房这边,我的妈妈

富态而安详,满足于我们围在身旁

妈妈也有很多的皱纹

但妈妈就是不一样

妈妈不是老女人

妈妈用妈妈的眼光看着我

而我看着那个老女人

我们的关系也许更紧密

2001|06|26

油漆未干

致某某、某某某和某某

请伸出双手

撕下你的脸面

测量它的厚度

加强它的硬度

取消它的湿度

把握它的尺度

然后,请放回原处

(注意轻拿轻放)

请做好表情

对准虚无(即芸芸众生)

再麻烦你伸出舌头

舔一下你的脸面是否还在

不管它在不在

它正在的地方

请双手合十

你一定感觉得到

你虔诚的勇敢的表情

就像一块油漆未干的牌子

谁都想在上面
按一个手印

2001|06|27
2014|01 改

愿望

如果我已经五十岁了

多好

就可以坐在藤椅上

我的爱人

如果我还有一个爱人

也可能坐在藤椅上

如果我们不再穷

屋里至少要有两把藤椅

如果他像今天一样年轻

他就会哼起一首歌:

我们年轻时有一个愿望

多好

2001|11|27

县城姑娘

县城姑娘穿喇叭裤、厚跟鞋

屁股扭得紧

心思藏得浅

零钱掖得深

揣着农村的肤色

县城的瓜子

挤上开往城市的车

高速公路洒满了瓜子壳

2002|11|07

正午的公共汽车

正午的公共汽车上

一屋子吵吵闹闹

孩子们从中门登场

小伙儿假装看报

不时掏出手机

姑娘紧贴着窗

决心跟一车人赌气

主妇咕噜噜涌进车厢

网兜里的猪肉滴着血水

苹果红得耀眼

流浪汉蜷在后排

散发出隔夜的酒臭

这载满了生活的通俗与不堪的

正午的公共汽车上

阳光肆烈汪洋，每个人眼前

都明晃晃一片，每个人肩头

都分到一些。让一些人突然

对生活心生悔意

另一些人却再度失去热情

2002|11|07

这样过一个秋天

我们一起过了秋天

不是因为我们一起吃掉

八斤瓜子三十斤葡萄十斤螃蟹

是因为我们一起坐在

满屋子瓜子皮葡萄皮螃蟹壳中

坐在秋天果实的垃圾而不是果实中

还没有彼此嫌弃

这秋天丰盛的垃圾

和激情后剩余的亲情

2002|11|13

小安的理由

小安坐着

坐着抽烟,种烟叶

眼睛看远处

目光越来越深

坐着,腹部宽广如海

漫出来

你再也抱不动

这个淹没我们的女人

她仍旧是坐着

浓的时候像桃花

淡的时候就没有了

没有了

2003|03|18

时光

削得尖尖的花铅笔

用凸的橡皮，或一把

咬出牙印儿的三角尺

就能让我坐回

夏日清凉的教室

胳膊粘在课桌上

留下两枚月牙儿形的汗渍

老师在黑板上写字

白的确凉[1]衬衫隐隐透现

两根细细的胸罩带子

我扭头望见窗外

操场上的灰尘

被阳光晒得发烫

白杨树被风吹得哗哗响

我拎着一捆大葱

站在人声鼎沸的市场

和学校隔了一堵墙

身边的爱人怀抱芹菜和鲜花

———

1 的确凉：涤纶（dacron）纺织物，也称"的确良"。

半只粉色的塑料凉鞋埋在土里

我望见空无一人的操场

白杨树被风吹得哗哗响

2003|04|28

旧日理想

看红楼梦长大
生一颗水浒的心
在三国纷飞的年代
独自去西游

2003|05

花瓶

一定有一些马

想回到古代

就像一些人怀恋默片

就像一些鲜花

渴望干燥和枯萎

好插进花瓶

就像那个花瓶

白白的圆圆的那么安静

就算落满了灰

那些灰又是多么地温柔动人

2003|05|13

掩藏

见母亲我永远装得鲜嫩
撒娇噘嘴,喝鸡汤嗑瓜子
没辙了就感冒,哄大家开开心
转身像糟老头般酗烟酗酒
糟蹋心肺

跟男友热烈讨论
家具和婚姻,为床单的颜色吵得翻天覆地
得到评语:"你可爱之处在于
懂得生活,你有爱。
不像那些疯疯癫癫的女诗人。"

在公共汽车上紧紧盯住
前排陌生人单薄的后背
突然间泪流满面,把两块钱的票根吞进胃里

为掩藏女作家那套鬼把戏,在亲人面前
我累得珠圆玉润,胖了起来
笑成了死去的蒙娜丽莎

2003|05

哥哥

嫂子们打扮齐整

上街买菜

她们是体面的

她们也很善良

躲在裙子背后的手

牵出一个孩子

叫我的哥哥"爹"

大家都说那孩子

长得像我

就算我不知悔改

浑噩度日

哥哥,托你的福

我亦为人姑

姑姑是体面的

姑姑必须端庄

你的女儿冲你撒娇

十年前那个身影是我

哥哥,你究竟不愿意

做我的父亲

2003|09|01

在雍和宫

在北方冬天
在落叶纷飞的清寒大道
在大美大智的佛像面前
我几次要落泪
又生生咽回
我原路折返
撞见两个穿皮裤的俊美男孩
溢出轻薄贪婪的小歌手神色
一次次跪倒在佛像前
另一个中年妇女接完手机
轻微地叹了口气
举起三炷香
深深埋下头颅
一条粗大的赤金项链
从她华贵的皮毛衣领里
滚落到她苍白多肉的脖子上
我倏地感到一阵冰凉
蹲下去，捂住脸失声痛哭
迎面朝拜的人们

迈着急匆匆的脚步

呼啦啦跨过我的躯体

向前奔涌，磕头如泥

2003|11|24

第二辑

回到飞机发明之前

小饭馆,为友人作

前天是小沈
今天是师江
他们远道而来
揣着新近的理想
因为打车
并不风尘仆仆
相反精神奕奕
我们抢着发言
把这阵子的念头和盘托出
像一个人搬动他全部的行李
小沈喝酒、抽烟
师江不喝酒、不抽烟
小饭馆的菜谱我已背得出来
有一道汤我每回必点
这仍是一个漫长的冬天
我们喝银丝煮鲫鱼

2004|03

方式

老子想回到蛮荒

唐人想回到春秋

清人想回到大唐

我只想回到

飞机发明之前

向前走的人们

你们坐飞机去

向从前走的人们

我们骑马

其实连马也不用骑

2004|05

小白做了手术

被阉之后

小白浑身裹满白纱布

麻药劲儿还没过

我抱着昏迷的小白在天桥上走

她什么也不知道

如果我松开手指

她就掉下桥摔死

她什么也不抱怨

天桥上只有一位老乞婆

弓着背快睡着了

天桥下车声人声鼎沸

回想那一年

上帝抱着昏迷的我们

阉过的或没阉过的

心情也不会太好

我们过于弱小

他也没那么强大

和此时的我一样

拥有无边的权力

却没有具体的力量

恶念也一闪而过
却等我们醒来
把上帝的无能和软弱
唤作"爱"与"恕"

2004|05|19

我不能留在这里爱你

每当我远离日常生活
就会被日常生活的场景感动
长椅上的老人他神色安详
两个骑单车的少年在树下相遇
停车说笑,相互点烟
恋人们手拉手穿过人行横道
那一刻的依恋是真心
每当我被这日常生活的场景感动
就忍不住要狠心逃开

2004|06|01

阿美

我们一起抽剩的烟头
可以搭出一间小小的房子
里面是时间的灰

你依然生长着北方的骨骼
和南方的神经
那么多年过去你还是不能回头

拎一只沉甸甸的水桶
光脚在旷野里走
阿美,唯有你的现在
才能比喻你的童年

我们必须学会在泪水里兑一点烈酒
而不是在酒里掺杂眼泪

2004|06|28

混蛋

一个混蛋
不能成为一个老混蛋
就不是真正的混

才三年
发福的发福
生子的生子
荡妇从良
浪子收手

这也没什么
除了你的背影
疲倦、沉稳而坚决
缓缓没入红尘

在灯光下
我读出一点点
中年的钝

2005|02|20

相忘于江湖

天黑了。空悠悠的人行道上
母亲攥着绒线帽,追着小孩跑
要给她戴。起风了
他们身后的树木,轻轻摇晃
像一排合唱团,有点悲伤

天更黑了。
黑暗是一片从天而降的海
母亲和小孩
淋成两团模糊的白点子
仍旧在追赶,愈远愈小愈慢

渐渐看不清,他们是母子或兄弟
保姆和小主人,还是陌生的同路
碰巧一起向前

年幼的我和年轻的母亲
就这样从我的眼中跑出去

2005|05|06

下雨

下雨时
淅淅沥沥
就想起从前
甚至上辈子的事了

山坡的碎石板上
洇满青苔的绿
灰蒙蒙的红瓦房里
走出一个青年

他自己画画
自己唱歌
和两只温顺的黄狗玩耍

偶尔有朋自远方来
带来茶叶和米酒
喝完就下山去

然后就落起雨来

淅淅沥沥

山风清凉

2005|05|10

态度

一件事发生了
我们只在乎两天
第三天洗洗脸就
踱出门去
太阳也乖巧
青草顺民心情

十年后突然想起
便津津乐道
苦难它可以制药
也可以下酒
多么有用
让生活充实甜蜜

失去一个朋友
也是这样吧
大家彼此点一个头
就匆匆走开
谁不知趣
我们就不理他了

2005|05

童年往事

火车驶过童年

像一条船那么安静

漫山的野花渐渐后退

爸爸、妈妈和我

紧紧守护一张卧铺

三个人轮流去睡

对面出差的干部

端着白瓷缸,大口喝水

其他人嗑瓜子,打扑克

啃完烧鸡的油手指

甩出一张倒立的小鬼

他们都很快活

快活而且响亮

可我们,是一家人挤在一起

就很沉默

沉默而且孤独

面对这外间世界
我坐在爸爸妈妈的孤独之间
像一个敌人
迅速长成少年

2005|06|01

山水

同年同月生的兄弟

已经成熟了

像一个父辈

父亲们长着同样的脸

在黑暗中

静静显出轮廓

曾经年轻的爱人

像一条悲伤的河

歌声吹过

皱纹满面

在远处,有一棵瘦弱的树

枝头的鸟轻叫一声

月亮就从云里游出来

2005|06|13

县城故事

小小的黑眼珠少年

托着下巴

坐在石阶上

细声细气等老

石阶冰凉

年少时的一秒钟

真漫长

十年光阴却转瞬即逝

眼下什么也不变

小小的县城停滞不前

时光滴出水滴

太阳底下无新事

哥哥还在为别人的女孩打架

头破血流,折了胳膊

赢得了声名

哥哥自己的女孩

刚从澡堂子出来

头发湿漉漉的,身子闪闪光

幽幽地看了一看

女孩,县城的女孩
比男孩们成熟得早
为了不变成
隔壁肥大的嫂子
和自己永远不快活的妈
她们选择在月黑风高夜
爬上南下的列车
一去不复返

2005|07|21

事情都是突然发生的

湖一下子结冰了

他突然就变老

从前突然不见了

我们变成记忆的穷人

我突然不爱你了

可意识到这些

已经是多年以后

多年以后,我们盲人摸象

拼凑出一个

慢慢消逝的过程

2005|11|28

纯真年代

他们谈诗论道

喝便宜酒,抽劣质烟

只顾偷情

不许恋爱

没有人积极向上

纯真年代

我们的距离是

数小时的自行车程

十块钱的出租费

半小时的电话,以及

一日不见如隔三秋

闪亮的肥皂泡每天

像事情一样冒出来

我们每天都壮大又新鲜

正确地浪费时间……

嗳,说说而已

亲爱的你可别真信了

2005|12

好时候

有风的夜晚

路人安宁

树影婆娑

裙角轻摆

膝盖凉滑

双臂温暖

踮起脚尖

那时候

那还不是我们最好的时候

2009|06|23

大门

天才在 27 岁上死去
他们那么爱自己
还是把自己给毁了

诗人恨母亲
其他人恨父亲
我们讨厌和我们相似的人

天才在 27 岁上死去
即便世上有真理
也只能相信一半

2009|10

你

有了你
才能将我的
里面和外面分开
你是界限

天地无边
情景在框中

2010|05|20

如幻

隔着烟火
看见旧时光
四合院里走出来
一家子老的小的
高矮胖瘦
都穿着新衣裳

那时还有邻居
也都是一家子人
我们彼此映照
大家都长得很像

穷人的祝福
总特别热烈
声音尖脆
升到烟花里去

有的时光逝去

有的却被定格

其实这一切

并没有发生过

可总觉得身临其境

2013|10|23

第三辑

所有的绿

青春

有些夜晚像下雪的夜晚一样寂静

心事也纷纷扬扬,有如细雪

活在人世

我们是烛火融于灯下

蝼蚁之于族群

而每当此时此刻坠入旧时光

那些温柔的情景就重现

你在月光下大声歌唱

眼里闪动光芒

河水如流动的浮世绘

每道波纹都泛着月华的鳞片

青春是一个混蛋的好心

是铁渣中的黄金

2015|07

无尽

瓦檐下落雨时
一滴成线的水

秋风里唱破风歌
一问一答的壮志

活在古意与现代之间
真是焦灼啊

看堵车似望山河
人间尽是比喻

2017|07|11

四个老人

一对老夫妻送另一对老夫妻

送行的老头,抱着一箱水果和一箱牛奶

一直抱着,直到过检查关口,才把两个箱子
　　放进传输带

两个老头伸出手,握了一握

他们挥挥手就此别过

被送的老太太,忽然说:这次很快乐

送她的那个老太太,就拍了拍她的肩

用手拈去被送的老太太毛背心上不知怎么粘
　　上的一根线

他们再次挥挥手就此别过,都没有说再见

2017|07

很久以前

很久以前,有一个售货员
在敞亮的国营商店
卖汽水、饼干和香烟
她的发辫有湿漉漉的香气
她的眼神有浅紫色的秘密

很久以前,有一个列车员
天天穿越美丽河山
可他从来不看,不往窗外看
倒开水时他想马尔克斯
拖地板时他想罗曼·罗兰

他们要是认识就好了
他们要是认识就好了

永不能实现的梦想,才会发光
你也不用离开家乡
我的远方就在心底
很久以前,这是个秘密

我会把你深深怀恋

他们从未遇见就好了
他们从未遇见就好了

2018|06|10

少年游

我想和你一起

在被弄干净的城市

做一回少年

而不是和你

在被弄脏的乡村

回忆童年

没有童年

五岁前的事情

从没发生过

我们生来就迎风招展

上了小学

上了初中

上了青春期

上了当

上当又还有救时

最快活

坐在街边台阶上

那满满的风

满满的心事

爱恨和雄心

溢出来的少年愁

真是天边白云一朵朵

世界都低头

在我们的掌心开出花来

2018I07

无题

生活显出父辈的风貌
而我们并没有子嗣

有子嗣的夫妻携手回家了
那是我的男人，我的女人
他们普通又疲倦

清冷街，红灯笼
大家遇见时嘘寒问暖
别时也依依

生命总是在好人的微笑里
道出了悲凉

而每个好人都如同洪流
裹挟着我们向前

2018|08

失眠一则

你们圆圆的脸庞

侧看,是自然界最美的弧线

你们的眼睛

黑白分明

如儿时临摹的字帖

你们浅浅的茸毛和柔软的头发

如初夏的微风

穿过池塘,穿过树林

穿过黄昏的光线

来到我心深处

你们是一份未被更改的盟约

上面写着公平与天真

老年人活在过去

少年人活在未来

谁在此时此刻不眠不休

如我们活在中间

2018|09|08

所有的绿

成为一个摇滚歌手

和当一个银行职员有何分别

四十岁上

都会离婚

都为孩子教育烦恼

纠结于何时移民

遗憾地发现

二十岁时恨的

和四十岁时爱的

差不多是一回事

当然还都会信佛

藏历马年

去冈仁波齐转山

看见一个老牧民

在途中往生

有那么一刻站在了远处看自己

又用尽一生去融入此刻

世间所有的绿都绿进了一片叶子

即便如此

我们还是不关心宇宙

2018|11|07

平原

生活一马平川
不再有涟漪、险滩
也不再见高山

生活就像平原上生活的人
朴实又狡黠
佝偻着背
目光炯炯
一切都熟悉
都已然发生
我们辩不过这些人啊
可他们又赢了谁

2018|11|09

别后

赠 M

我知道青春碧绿
我见过万物金黄

朝东是明日
朝南是过往
朝西是极乐
朝北是星辰

你在火车上读着诗集
沉沉睡去

2019|01|15

伤逝

你低眉浅笑

你青春的样子太美

满目烟火自弃

而我已是

落泪时需忍住

上楼还要

辅导作业的人生

今天上午

十一时零九分

2019|03|01

牡丹——《后革命时代》[1]

在一部纪录片里

我看到所有人

你们的女孩

我们的前夫

前世的兄弟姐妹

未来的战友和敌人

彼时每个人都好看

都穿着缤纷衣裳

都爱讲笑话

都笑得哈哈哈

我听见光阴

圆心静止

半径流淌

暖气舍不得烧

电扇坏了一叶

房东在窗台养了几株牡丹

---

[1] 《后革命时代》:一部反映中国摇滚乐队生存和生活状态的纪录片,导演张扬,上映于 2005 年。

四周是时代

车马滚滚向前

只有在夏天

才能又穷又快活

青春霁月

啤酒是黄金

黑夜是白银

音乐是灵魂的暂住证

二十块的演出费

清晨的微光好美

黄昏时细雪纷纷

我们彼此对望

想去战斗，也想分手

那是广袤的一刻

那时我们最热爱人类和生活

牡丹和你

都是亲人

2019|04|15

第四辑

同舟

是谁讲了一个笑话

一张十五年前的南京旧照里

不知谁说了个笑话

大家都笑了

当中一个大笑着的

叫外外

一年半前　骤然离世

那夜欢聚之后

几个朋友送我和阿美去机场

外外亦在其中

路过扬州岔口

毛焰开错了路

又不知谁说了句

不如一起去扬州吧

那时也并不很年轻了

也许正因如此——

心如旷野　齐上扬州

一路喜悦　稚童逃课

举目风光霁月

老韩认真地讲

就这样吧　不回去了

就此成一社群

随念而行

四海为家

十几年后　外外离世

留下千行

生前不曾被他的诗人朋友们

读过的诗

当年我们若继续东行

社群可会昌盛　还是凋零

可有税赋　抑或移民

我印象中　外外温和

总在微笑　可印象永错

照片里　他正大笑

到底是谁　当时说了一个笑话

令所有人都在笑

一定　真是

真是太好笑了

2019|01|16

如父如女

在一群热议

白菜和税收涨价

谁家孙子比较成功的

聒噪老人中间

我那白发苍苍的父亲

孑然一身

孤立无援

就像坐在热议

教育和移民的

带娃妇女中间的我

伤感莫名

魂飞天际

偶尔我们的眼神交汇

又赶紧避开

彼此都矮了下去

2019|04

爱情

像草书

像点彩

也像五四

身不由己

心似旷野

兴奋又慌张

你到底爱不爱我

这队伍方向如何

这游行的时光如梦

这午后的一梦漫长

2019|06

重逢

山西侯马去了内蒙古

茫茫大草原做官

唯山东轩辕还叫我"丽川"

巫昂送我她用过的口红

又美国又民国

为何你什么都懂

南人还在航天部当干部吧

永远穿那件蓝色 T 恤

我们从不曾在冬天相见

小沈依旧貌似入戏

不争执时只嘿嘿干笑

你可真是个深渊

税务局的盛兴啊

莱芜卡夫卡

你说小尹你一点没变

而你褪了童贞,更似少年

谁也没变
甚至面容也没有变老

更没有变得平静
个个仍是火盆火炭

这就很可怕了
就很值得
我不想看到山中静坐的仙
我喜欢我们都满怀缺陷
不悔改不松口
错了也不认

好吧工商局的领导
轩辕轼轲先生
再过二十年
我们来相会
春光多么美
滔滔黄河水

2019|06|11

漾

时光荡漾人心
我只记得美好的事

还记得一些
不曾经历的痛苦

如微光下的水纹
暖风中的荒草

"晚霞中的红蜻蜓
桑树绿如荫"

每个人的手心里
都握着一片真相

可真相如冰
握紧就融化
松手亦不得

2019|06|14

普通朋友

想起一个朋友

一个普通朋友

名字在电话簿里

曾经也经常吃饭

但此生应该是不会再见了

除非在街边偶遇

大概也懒得打招呼吧

再过几年

彼此名字也忘掉了

曾经聊过人生的朋友

曾互相支撑

度过青春艰难的朋友

大多也不会再见了

谁能想到某年某月的饭局

就是永别

我们都不知情

不知世俗会有这样的力量

选了另一条路

就是另一个宇宙

2019|07

诗人

食指在左,芒克在右
北岛在中间
三个诗人坐在对面

经历过某种年代
每一株花草都是有立场的

想为他们写首诗
写了一大段
又删掉了

年轻是一片树林
不变化的人得永生

慨叹过今朝后
食指朗诵了一首旧诗
手指微颤,醉眼闪着光

北岛仍是我少年时想象
和十几年前见过的形象

一位中学老师
清瘦、朴素，值得信任

有一瞬我觉得自己太苍老了
和芒克一样

芒克满头白发
养着五段婚姻的四个孩子
别人夸他时，他一定会自嘲
低头啜一口薄酒

2019|07

致女儿

就像鲸鱼和火山

你们总唤起我一种强烈的情感

我正在经历你们的童年

这是忧伤的快乐

这是百年孤独

这是红楼梦和窗边小豆豆

这是一个人在淡蓝的海边

吹起了口哨

太初有字

光阴有海风潮湿的咸味

2019|08

那不是你

我拐弯时遇到了布考斯基
他说如果你的诗被家人喜欢
你就完了

我每天都在跟教育作对
私立的公立的补习的兴趣的
你们都各有理论又很热情

我看到一个流水线上劳作的母亲
和麻将桌前崩溃的女人
那不是你也不是我

每天上百条留言的家长群
像枝蔓爬满千年的树
结果倒是其次,花还开不开

我看到这一代精英忙于子女
毁于盲从
大自然不存在完美的直线

"银链折断,金罐破裂"
谁还有空散步呢
我们都活在大神的梦中

2019|09

老韩

老韩写下一组动物之诗

写了骆驼、黄鼠狼、宠物狗和鱼

我再次确认

我们的灵魂是有所交汇的

只是我无力精准表达

但我看见了诗人的看待:

骆驼在电视机里倒下

狗的委屈

鱼在海里游,偶遇珊瑚

老韩写下了慈悲之诗

而我们最需要的

是老韩的幽默

有时因了一个朋友的存在

就不会太恐慌

不管现实有多滑稽悲哀

他都会先用文学

过滤一下

令我们暂存于

被语言化解过的世界

令我们的自嘲免于被讥

2019I09

历史

他和他的兄弟
自远道而来
有些渴了

为疲惫不堪
随机浮动的
公理正义
而满身血污

妇女们没空在意
在溪边洗衣
水波逐着光影
心思一漾
抬头一望
又该回家做饭了
炊烟四起

因此千百年来
妇女从未留名
除了嗅青梅
或欲火焚身

自由这个词

仆仆风尘

是翻译体

爱情也是

妇女们仍在溪边籁籁洗衣

谈论村里八卦

然后回家做饭

还要辅导作业

一生缥缈已矣

2020|02|21

醉友

从前有许多喝醉爱打电话的朋友
他们风格不同,但都执着
有一个说着说着就哭起来
另一个喜欢骂人

后来我把爱哭的朋友介绍给了爱骂的朋友
他们并不投契
直到喝醉后打电话谈心
海枯石烂
从夜晚到清晨
骨碌碌相拥滚下山坡
和吃草的羊儿一起
仰望蔚蓝天空
洒水车的水花溅到脸上
有人突然落泪,始觉热爱生命
去早点摊要了碗馄饨
淋点香油,撒上一腔葱花

那天之后
一个戒酒,去追随那些

追随佛陀的人
另一个去了大理
大概就是这样
总之,现在已没有喝醉打电话的人了
其实也没有人再打电话了

2020|04

公园

孩子们汹涌向前
冒着热气,皮肤闪光

老父母跌跌撞撞,影子迟缓
下台阶已需要搀扶

一个保安拿树枝不停驱赶
冲下来觅食的鸽子

飞上去又飞下来
飞下来又飞上去

中年像一网兜的鱼掉出来
扑腾两下,又自动跳回去

幸福是游人们倚树拍照
戴着口罩,依旧拈花微笑

2020|05|01

雁南飞

我们的爱情留在了海边
那里天空纯净
我们把彼此的心事搁在那儿了
以及对生活的热情
海风把我们的言语
拂成一片片的
灰影子
排列成行在空中
在一个下午
说完一辈子的话后朝南飞
消失在尽头

2020|09

同舟

你知道什么是婴儿
什么是恐惧么
你知道当面摔下
和后脑勺摔下的
区别么
你知道农村为了庆贺出生
亲戚抢着抱婴儿玩耍
致死婴儿的事故么
你知道那个村里母亲
的呆滞的延绵的笑容么
你知道来城市做阿姨
抛下自己的娃
照顾别人的孩子的心情么
你知道我和农村阿姨有天
只二人泛舟海上
家人们的汹涌的质疑么
那天在海上阿姨说
这是我此生最快乐的一天
你知道我们为何
同时都泪如雨下么

2020|12

蹦跶

我已准备接受

什么都不想反驳因为

一条鱼它想嬉戏

遂跳上冰冷的岸

冬季的河岸

像雪地里摔了一跤那么悲苦

雪水渗进鞋袜

为着自由

我们得到了被禁锢的永生

不成功的跳

就是蹦跶

不成功的爱意

都很粗俗

然后我们礼貌微笑

各自戴上口罩

逆子也退回到屋内

在黄昏永恒的暗处

2020|12|13

出埃及记

海水凝固

新月不圆

大片大片红云掉入水中

我和阿姨推着童车

去沙滩上五颜六色

人人拖着度假的表情和行李

热气蒸腾

上升到半空

地面的人们,着比基尼

分饰着游客:

恋人、朋友、妓女和中产阶级

我是母亲和诗人的扮演者

画面升格、时空流转

善恶混于一谈

海水分成两半

一半是人世的注脚

另一半是阿难[1]的深蓝

人人皆知有异

但兴之所至，难以抽身

2021|02

---

1 阿难：释迦摩尼佛的十大弟子之一。

近亲

我们爱上一些遥远的人

庄子、李白，Jim Morrison

金庸、马拉多纳和远方的一个人

我们拼尽全力

只学会爱远处之人

用尽大半青春

近处烟火慌乱

和母亲依旧在争吵

你放盐太多了！

馒头还没有蒸熟

饺子就在锅里

你为什么这么固执

是你不听我的

那你为什么不听我的

即便春雨落下

月出光华

即便世界末日

逃难时我们还要掰扯

煤气关了没

亲爱的你

天冷就该穿毛裤
你要救我我也想救你
我们浮生六记
我们流浪红尘
我们百年孤独
我们海上花尽
走廊里依旧繁华滚滚
满目又是近亲人

2021|11|13

磨铁读诗会·中国桂冠诗丛

第一辑

《每一首都是情歌》 王小龙 著

《悲哀也该成人了》 严力 著

《扑朔如雪的翅膀》 王小妮 著

《永居异乡》 欧阳昱 著

《大海上的柠檬》 姚风 著

第二辑

《我因此爱你》 韩东 著

《母亲和雪》 唐欣 著

《燃烧的肝胆》 潘洗尘 著

《找王菊花》 杨黎 著

《相声专场》 阿吾 著

第三辑

《白雪乌鸦》 伊沙 著

《夜行列车》 侯马 著

《黄昏前说起天才》 徐江 著

《月光症》 宋晓贤 著

第四辑

《熬镜子》 西娃 著

《凡是我所爱的人》 巫昂 著

《混蛋的好心》 尹丽川 著

《朝向圣洁的一面》 宇向 著

磨 铁 读 诗 会